Dépôt légal : mai 2023 – D.2023/0089/252
ISBN 979-1-0347-6088-6
© Dupuis, 2023.
Tous droits réservés.
Éditions Dupuis s.a., rue Destrée 52, 6001 Marcinelle, Belgique.
Imprimé par Delabie, ZI La Martinoire, bld. de l'Eurozone 9,
7700 Mouscron, Belgique.
Achevé d'imprimer en avril 2023.
Certifié PEFC
Ce produit est issu de forêts gérées durablement et de sources contrôlées
PEFC/07-31-234
www.pefc.org

Louis de La Taille

GRAND LOUIS

1. Le Marcassin

couleur : Bertaud

DUPUIS

SANZOT
PAS AVANT 20 H ?
BON OK, JE VAIS ME DÉBROUILLER...
BX 182
ON Y EST PRESQUE !
ET MINCE...

DÉSOLÉ, LES COCOS, C'EST MONELLE QUI NE VOULAIT PAS REPARTIR DE LA CRÈCHE AVANT DE M'AVOIR MONTRÉ LE RENARD QU'ELLE CROYAIT AVOIR VU !
MOUAIS, C'EST TROP FACILE DE METTRE ÇA SUR LE DOS DE MONELLE !
EN PLUS, C'EST TOUJOURS NOUS LES DERNIERS !
ET T'AS PRIS QUOI POUR LE GOÛTER ?
EUH... J'AI PAS EU LE TEMPS DE FAIRE DES COURSES, J'AVAIS PLEIN DE BOULOT À FINIR !
IL DOIT RESTER DU PAIN DE MIE À LA MAISON...
TU TRAVAILLES MÊME PAS VRAIMENT, TU FAIS DES DESSINS !
MAIS C'EST MON TRAVAIL !
ET PUIS JE DOIS M'OCCUPER DE VOUS, ÇA AUSSI C'EST DU TRAVAIL !
SI TU NE VOULAIS PAS T'EN OCCUPER, IL FALLAIT AVOIR UN CHAT, PAS DES ENFANTS !
VOTRE MÈRE EST ALLERGIQUE !
COMME C'EST TOI QUI ES ARRIVÉ EN RETARD, ON AURA DROIT À UN TEMPS D'ÉCRAN SUPPLÉMENTAIRE !
ORIENT
MMMH... ON VERRA AVEC MAMAN...
ORIENT IMPEX

MERLIN ! ALBA ! IL FAUT METTRE LE COUVERT !
... IL FAUT QUE JE TE LAISSE, JE VIENS D'ARRIVER ! ON EN REDISCUTE DEMAIN !
PFIOU !! DÉSOLÉE POUR L'HEURE, MAIS AVEC LES CONSEILS DE CLASSE, J'AI DES JOURNÉES DE MALADE !
MAIS J'AI QUAND MÊME PU FAIRE DES PETITES COURSES CE MIDI !
SYMPA !
VIENS LÀ, MON AMOUR, TU M'AS TROP MANQUÉ !
MAMA !
SALUT LES ZOMBIES, COMMENT ÇA VA ?
MMMH, MES POULETS CHÉRIS !!
MAIS ARRÊTE, TU VAS ME FAIRE PERDRE !
C'EST PRÊT ! À TABLE !
C'EST BON, C'EST QUOI ?

UN GRATIN DE BLETTES !
C'EST DÉGOÛTANT ! JE VEUX DES PÂTES !
ON EN MANGE TOUT LE TEMPS, DES PÂTES, C'EST BIEN DE CHANGER !
ET ON SE PASSE DE VOS COMMENTAIRES ! SI VOUS N'AIMEZ PAS, VOUS POUVEZ DESSERVIR VOTRE ASSIETTE ET SORTIR DE TABLE !
YES !!
COOLOS !!
MOUAIS, JE NE SAIS PAS SI C'ÉTAIT UNE BONNE IDÉE DE LES LAISSER CHOISIR...
ET MONELLE, POURQUOI ELLE NE MANGE PAS ?
TU LUI AS DONNÉ TROIS BANANES POUR QU'ELLE SE TIENNE TRANQUILLE TOUT À L'HEURE...
C'EST UN VRAI SUCCÈS, CE DÎNER EN FAMILLE...

... ALORS BOUCLE D'OR, EFFRAYÉE DEVANT LES TROIS OURS, S'ENFUIT À TOUTES JAMBES ET NE REVINT PLUS JAMAIS !
ET VOILÀ ! AU DODO MAINTENANT !
VLAP !
J'ÉTEINS ! BONNE NUIT !
HEY, C'EST DINGUE, JE CROIS QU'ON A LES MEILLEURS ENFANTS DU MONDE !
MOUAIS, LES PLUS BORDÉLIQUES SURTOUT !
PFFF, REGARDE-MOI CE SOUK ! MOI J'AVAIS PAS SIGNÉ POUR ÇA !
À DEUX, ÇA VA ALLER VITE !

BON, ÇA VA, LÀ...
ON SE REGARDE UN FILM ?
J'AI LES BACS BLANCS DES TERMINALES À CORRIGER... UNE SÉRIE ?
OK !
NE METS PAS TROP FORT, JE NE SUIS PAS SÛRE QU'ILS DORMENT AU-DESSUS.
Hiii !!! UNE SOURIS !!
AH MINCE... JE CROYAIS QU'ON S'EN ÉTAIT DÉBARRASSÉS !
PFFF... AVEC LE BAZAR QU'IL Y A CHEZ NOUS, ON NE L'ATTRAPERA JAMAIS !
TANT PIS, ON NE VA PAS SE POURRIR LA SOIRÉE POUR UNE MICRO BESTIOLE...
OK...

AAAAH ! LÀ ! LÀ !!
UN ÉCUREUIL ! TU L'AS VU ? IL EST PASSÉ À TOUTE ALLURE !
UN ÉCUREUIL ? TU RIGOLES ? IL EST STRICTEMENT IMPOSSIBLE QU'UN ANIMAL TEL QU'UN...
AAAAAAAHH !!!
C'EST... C'ÉTAIT QUOI ÇA ?
UN... UN MARCASSIN, JE CROIS...
CO... COMMENT C'EST POSSIBLE ??

PFFFF... ON NE VA PAS Y PASSER LA NUIT...
MOI JE PEUX PAS DORMIR AVEC UN MARCASSIN QUI SE BALADE CHEZ MOI !
PEUT-ÊTRE QU'ON A ÉTÉ VICTIMES D'UNE HALLUCINATION COLLECTIVE !
TU CROIS ?
J'AI DÉJÀ ENTENDU UNE ÉMISSION SUR CE GENRE DE TRUCS !
ET PUIS AU PIRE, UN MARCASSIN, C'EST PAS UN LOUP NON PLUS ! IL VA RIEN NOUS FAIRE !
EN PLUS, IL EST TOUT PETIT !
REGARDE : LA PORTE DES ENFANTS EST BIEN FERMÉE !
J'IRAI VOIR LA VOISINE DEMAIN POUR FAIRE MA PETITE ENQUÊTE !
JE NE SUIS QUAND MÊME PAS RASSURÉE...

ALLEZ, C'EST À MON TOUR MAINTENANT, TU L'AS DÉJÀ EU !
FAITES DOUCEMENT AVEC CARAMEL, LES ENFANTS, IL EST TRÈS CRAINTIF !
... OUI, COMME JE VOUS DISAIS, DANS L'IMMEUBLE, ON A DÉJÀ EU : DES MITES ALIMENTAIRES, DES PUNAISES DE LIT, ET MÊME DES CAFARDS UNE ANNÉE !
À QUOI VOUS PENSIEZ QUAND VOUS PARLIEZ DE GROSSES BÊTES ?
À... À ÇA... À DES GROSSES MITES ET DES GROS CAFARDS !
MERLIN, ALBA, LAISSEZ CE PAUVRE CHAT TRANQUILLE, ON VA RENTRER !
SI VOUS AVEZ DES BESTIOLES CHEZ VOUS, IL FAUT AVERTIR LE SYNDIC POUR QU'IL PROGRAMME LE TRAITEMENT DE TOUS LES LOGEMENTS, SANS QUOI ÇA NE SERT À RIEN !
C'EST NOTÉ, MAIS ON N'EST PAS COMPLÈTEMENT CERTAINS DE CE QU'ON A VU !

C'EST NOUS !
SALUT 'MAN !
SALUT MONELLE !
J'AI FAIT MON ENQUÊTE AUPRÈS DE LA VOISINE : PAS DE TRACES DE BESTIOLES CHEZ ELLE.
C'EST LE GRATIN DE BLETTES QUI NOUS EST MONTÉ À LA TÊTE ! MOI JE SUIS POUR REVENIR AUX COQUILLETTES, C'EST PLUS SÛR !
MOI AUSSI J'AI FAIT MON ENQUÊTE, ET REGARDE CE QUE J'AI TROUVÉ...
C'ÉTAIT BIEN PLANQUÉ DANS UN RECOIN.
ÇA NE PEUT PAS ÊTRE UNE SOURIS ?
JE NE PENSE PAS QU'UNE SOURIS AIT MANGÉ TOUTES CES POMMES.
IL N'EST PAS QUESTION QUE JE COHABITE AVEC UN SANGLIER, MÊME PETIT. IL FAUT TROUVER UNE SOLUTION. JE VEUX BIEN M'EN OCCUPER DEMAIN, MAIS ÇA VEUT DIRE QUE C'EST TOI QUI T'OCCUPES DES TROIS ZOZOS.
LA DAGUE SANGLANTE

ALORS LE MERCURY ET SON LOT DE CENT CARTOUCHES, PLUS LE BERETTA, ÇA NOUS FAIT...
MONSIEUR, BONJOUR !
BONJOUR ! EH BIEN ON DIRAIT QUE LES AFFAIRES NE MARCHENT PAS TROP MAL !
OUI, DEPUIS HIER J'AI DES QUANTITÉS DE GENS QUI VIENNENT ET ILS SONT PRÊTS À M'ACHETER N'IMPORTE QUOI !
ET VOUS ? QU'EST-CE QUI VOUS AMÈNE ? FAISANS ? RAGONDINS ? BLAIREAUX ?
UN... UN MARCASSIN...
ALORS JE PEUX VOUS PROPOSER CE TRÈS JOLI MODÈLE, UNE CARABINE SEMI-AUTOMATIQUE ÉLÉGANTE ET MANIABLE, QUI POSSÈDE UNE DÉTENTE DIRECTE FRANCHE...
ON EST SUR UN PRODUIT PLAISIR QUI RESTE ABORDABLE, TOUT EN PERMETTANT UNE GRANDE PRÉCISION ET SANS TRANSIGER SUR LE CONFORT UTILISATEUR ! UN BIJOU !

UNE BOMBE AU POIVRE ?? IL S'EST MOQUÉ DE TOI !!
IL N'Y AVAIT PAS DE TAPETTES À MARCASSIN ET JE ME VOYAIS MAL REVENIR AVEC UN FUSIL !
MMMH, PEUT-ÊTRE, MAIS JE DOUTE QU'ON RÈGLE NOTRE PROBLÈME AVEC ÇA...
ET SINON, TU AS LAISSÉ CES DEUX-LÀ DEVANT DES ÉCRANS TOUTE L'APRÈS-MIDI ?
J'AI PLEIN DE TRAVAIL, FIGURE-TOI, ET J'AI BESOIN DE CALME !
OK, MAIS MAINTENANT ÇA SUFFIT !
ALLEZ, VOUS ÉTEIGNEZ LES ÉCRANS !
MAIS PAPA !
C'EST LE WEEKEND !
JUSTEMENT, VOUS AVEZ SÛREMENT MIEUX À FAIRE !
JE SUIS SÛRE QU'IL Y A DES TAS DE JEUX DANS VOTRE CHAMBRE QUE VOUS N'AVEZ JAMAIS OUVERTS !
PFFF... C'EST NUL !
OUAIS, C'EST NUL !

NON MAIS C'EST VRAI ! ON VA PAS LES LAISSER S'ABRUTIR TOUTE LA JOURNÉE DEVANT DES ÉCRANS !
OOUAiiiiis !!! SUPER !!!
OUAIS !! MERCI PAPA, MERCI MAMAN, C'EST GÉNIAL !
MAIS... MAIS... DE QUOI ??
BEN, POUR PORCINET !
PORCINET ??
POUSSEZ-VOUS, POUSSEZ-VOUS !
VLAM!!!

N'APPROCHEZ PAS, LES ENFANTS, ON NE SAIT JAMAIS !
IL EST SUR MON LIT, ÇA VEUT DIRE QUE C'EST MOI QU'IL PRÉFÈRE !
GROUIIIK !
IL VA RESTER CHEZ NOUS POUR TOUTE LA VIE !
ALORS ÇA, CERTAINEMENT PAS !!
JE VAIS ESSAYER DE L'ATTRAPER.
MÉFIE-TOI, J'AI VU UN DOCUMENTAIRE QUI DISAIT QU'ILS POUVAIENT ÊTRE EXTRÊMEMENT AGRESSIFS !
PETIT, PETIT, PETIT !!
ALLEZ, VIENS, N'AIE PAS PEUR !
UIIIIIK !!!
ATTENTION, IL S'ÉCHAPPE !
UIIIK !!
FAIS QUELQUE CHOSE, VIIITE !!!!
DU CALME, PORCINET, TOUT VA BIEN !
AAAAH !! IL M'ATTAQUE !!
BOING !!
AAAAAH !!
UIIIIIK !!
J'AI UN MARCASSIN DANS LES BRAS, QU'EST-CE QUE JE FAIS ??
UUUIIIIK !!
GRUIIIK !!
GÂTO ?
IIIK !!
IIIK !!

C'EST FOU, ÇA, C'EST LA PLUS PETITE QUI A RÉUSSI À LE CALMER !
CRUNCH CRUNCH !!
FINALEMENT, LES BÉBÉS OU LES SANGLIERS, MÊME TECHNIQUE : UN BOUDOIR ET ON EST TRANQUILLE !
CRUNCH !! CRUNCH !!
EN ATTENDANT, ÇA NE NOUS DIT PAS CE QU'ON VA FAIRE DE LUI !
CROUNCH !!
BAH, ON PEUT EN PROFITER UN PEU !
AH, NON ALORS ! PAS QUESTION !
S'INTÉRESSER À LA NATURE, ALLER AU ZOO, C'EST TRÈS BIEN...
MAIS HÉBERGER UN ANIMAL SAUVAGE DANS UN TROIS-PIÈCES À PARIS, CERTAINEMENT PAS !
ALORS JE NE SAIS PAS D'OÙ SORT CET ANIMAL, MAIS IL VA Y RETOURNER IMMÉDIATEMENT !
ATTENDS, MAMAN, STEUPLÉ !
ON LE GARDE ENCORE UN PEU...
PITIÉ, MAMAN ! JE TE JURE QU'ON VA S'EN OCCUPER !
PROMIS ! ET VOUS N'AUREZ RIEN À FAIRE !
PAS QUESTION !
ET LOUIS, TU POURRAIS ME SOUTENIR ! APRÈS C'EST MOI QUI PASSE POUR LA MÉCHANTE !
DING DONG !!

MINCE ! C'EST QUOI ÇA ?
PLANQUEZ-LE, VITE !!
TIENS, BONJOUR MADAME MICHEL !
PARDON DE VOUS DÉRANGER, HEIN ! JE VIENS VOUS VOIR PAR RAPPORT À CE QUE M'A DIT VOTRE MARI !
AUX INFOS, ILS ONT DIT QU'APPAREMMENT IL Y A DES TAS DE BÊTES SAUVAGES QUI SE BALADENT, ALORS JE VOULAIS SAVOIR...
DES BÊTES SAUVAGES ? MAIS QU'EST-CE QUE C'EST QUE CETTE HISTOIRE ? NOUS, ON N'A QUE DES INSECTES !
AH, TANT MIEUX ALORS ! PARCE QUE SI C'ÉTAIT UN ANIMAL SAUVAGE, IL FAUDRAIT LE SIGNALER ! DE TOUTE MANIÈRE, ILS VONT METTRE EN PLACE DES PATROUILLES DE CHASSEURS !
AH BON ? MAIS POUR QUOI FAIRE ?
ILS ONT POUR ORDRE D'ABATTRE LES ANIMAUX DANGEREUX ET DE CAPTURER LES PETITS POUR LEUR FAIRE DES TESTS ! POUR QU'ON COMPRENNE POURQUOI ILS VIENNENT EN VILLE COMME ÇA !
OH, MAIS C'EST TERRIBLE, ÇA ! PAUVRES PETITES BÊTES !
EH OUI ! MAIS QUE VOULEZ-VOUS... DANS UNE SITUATION PAREILLE...
ENFIN, SI VOUS DEVEZ SORTIR, FERMEZ BIEN LA PORTE COCHÈRE ! QU'ON NE SE RETROUVE PAS AVEC DES ANIMAUX SAUVAGES DANS L'IMMEUBLE !

VOUS AVEZ ENTENDU ? ÇA CORRESPOND À CE QUE T'A DIT LE VENDEUR DE L'ARMURERIE !
OUI, ET LA VOISINE, ELLE A DIT QUE S'ILS ATTRAPAIENT PORCINET, ILS ALLAIENT LUI FAIRE DES TAS DE TESTS !
OUI, AVEC DES PIQÛRES DANS L'ŒIL !
OH, STEUPLÉ, STEUPLÉ ! ON LE GARDE ! ON VEUT PAS QU'ON LUI FASSE DU MAL !
ALLEZ, MAMAN, C'EST JUSTE UN PETIT BÉBÉ !
COMME MONELLE !
LOUIS, TU...
JE VOIS QU'UNE FOIS DE PLUS, LE CAMP DU BON SENS EST MINORITAIRE DANS CETTE MAISON !
ÇA VA, VOUS AVEZ GAGNÉ, ON LE GARDE...
OUAIS !!! GÉNIAL !!!
MERCI MAMAN !!!
MAIS C'EST JUSTE POUR QUELQUES JOURS, HEIN ! LE TEMPS DE TROUVER UNE AUTRE SOLUTION !
OUI, OUI !!

J'IMAGINE QUE TU ES SATISFAIT !
TSSS, PARFOIS J'AI VRAIMENT L'IMPRESSION D'AVOIR QUATRE ENFANTS !
JE T'ACCORDE QUE C'EST UN PEU BIZARRE, MAIS REGARDE COMME ILS S'AMUSENT !
COURS, PORCINET, COURS !
ALLEZ HOP ! SAUTE !
HAHA, TROP MIGNON, IL NE SAIT PAS MONTER LES ESCALIERS !
ET AU MOINS, PENDANT CE TEMPS-LÀ, ILS NE REGARDENT PAS D'ÉCRANS !
MOUAIS... AVOUE QUE ÇA T'ARRANGE BIEN DANS LE FOND DE METTRE ÇA SUR LE DOS DES ENFANTS ! EN RÉALITÉ, TOI AUSSI, TU ES CONTENT D'AVOIR UN ANIMAL À LA MAISON !
EH BIEN NE COMPTE PAS SUR MOI POUR M'EN OCCUPER, TU GÈRES !
TU SORS ?
J'AI BESOIN DE PRENDRE L'AIR !
VLAM!

M
ENTA

SUSHI DELI
TUT!! TUT!! TUT!!
MER-WIE4
TUTT!!
¡¡¡¡¡¡¡¡¡¡
BLAM!!
MER-WIE4
AAAAH !!!
CRAP PHONE

VITE, IL SE PASSE DES CHOSES VRAIMENT...
J'AI VU, ON EST EN TRAIN DE REGARDER !
C'EST DINGUE...
LE GOUVERNEMENT N'A PAS PU FOURNIR D'EXPLICATIONS À CETTE SITUATION SANS PRÉCÉDENT ET APPELLE LA POPULATION À RESTER CHEZ ELLE.
C'EST POURQUOI LES ÉCOLES RESTERONT FERMÉES JUSQU'À NOUVEL ORDRE !
SÉRIEUX ?
BEN...
OUAiiiiiis !!!
PLUS D'ÉCOLE !!!
VIVE LES ANIMAUX !!!

QUELQUES JOURS PLUS TARD...
ET LE PARTICIPE PASSÉ EMPLOYÉ AVEC LE VERBE AVOIR S'ACCORDE AVEC LE COD LORSQUE CELUI-CI EST PLACÉ DEVANT LE VERBE.
PAR EXEMPLE, DANS LA PHRASE : "LA CHOUCROUTE QUE J'AI MANGÉE", COMMENT TU ÉCRIS "MANGÉE" ?
MAIS JE SAIS PAS, JE COMPRENDS RIEN !!! JE SAIS PAS CE QUE ÇA VEUT DIRE LE COD ET L'AUXILIAIRE !!! C'EST NUL, J'Y ARRIVERAI JAMAIS !!!
ET PUIS À QUOI ÇA SERT DE TOUTE FAÇON, J'ÉCRIRAI JAMAIS ÇA, J'AIME MÊME PAS LA CHOUCROUTE !!
PAPA, J'AI FINI L'EXERCICE ! ALORS 72, C'EST ÉGAL À DEUX DIZAINES ET SEPT UNITÉS, ET ON PEUT AUSSI ÉCRIRE 7+2=72, J'AI BON ? JE PEUX ALLER JOUER ?
HEIN !!? MAIS PAS DU TOUT ! ENFIN ÇA FAIT UNE HEURE QU'ON FAIT LES DIZAINES ET LES UNITÉS !!! T'AS RIEN COMPRIS EN FAIT !
PAPA, CACA !
OH NON, MAIS C'EST PAS VRAI !!
GROUiiK !!!
ET JE CROIS QUE PORCINET A ENCORE FAIM !
JE SUIS NUUUUL !!!
JE VEUX ALLER JOUER !!!
CACAAAAAA !!
GROUiiK !!!
VOUS POUVEZ BAISSER D'UN TON, J'AI PLEIN DE TRAVAIL ET JE N'ARRIVE PAS À ME CONCENTRER !!!

PARCE QUE TU CROIS QUE JE PASSE UN BON MOMENT, LÀ ?
BOUHOUHOUHOU !!!
BON, EH BIEN JE MONTE M'AMUSER À CHANGER LA COUCHE DE MONELLE !
BOUHOU !!
PFFF... EN PLUS IL Y EN A PARTOUT, C'EST DÉGUEU...
MERLIN ! VA ME CHERCHER UNE COUCHE, STEUPLÉ !
Y EN A PLUS !
VIENS, MON BÉBÉ, ON VA SE PROMENER !
QUOI ?? MAIS C'EST PAS VRAI...
TOI, JE VAIS TE METTRE DANS LE BAIN EN ATTENDANT !
CACA !
OH NON ! TON BÉBÉ S'EST FAIT KIDNAPPER !
RENDS-LE-MOI ! C'EST MOI QUI JOUAIS AVEC LUI !
LES ENFANTS, ARRÊTEZ DE VOUS DISPUTER, ÇA VA FAIRE DES...
CLING !
C'EST PAS MOI C'EST LUI !!
C'EST PAS MOI C'EST ELLE !!

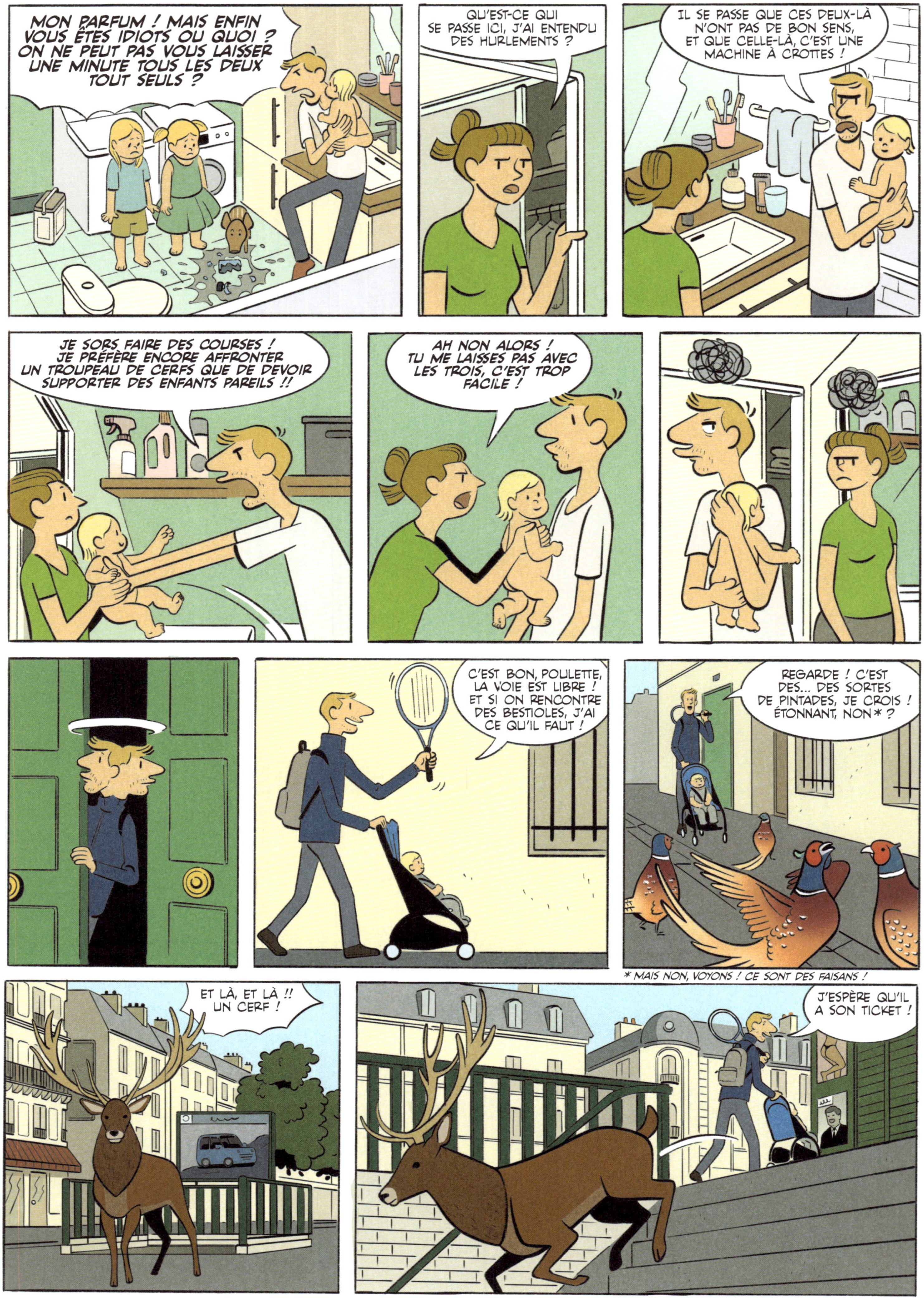
MON PARFUM ! MAIS ENFIN VOUS ÊTES IDIOTS OU QUOI ? ON NE PEUT PAS VOUS LAISSER UNE MINUTE TOUS LES DEUX TOUT SEULS ?
QU'EST-CE QUI SE PASSE ICI, J'AI ENTENDU DES HURLEMENTS ?
IL SE PASSE QUE CES DEUX-LÀ N'ONT PAS DE BON SENS, ET QUE CELLE-LÀ, C'EST UNE MACHINE À CROTTES !
JE SORS FAIRE DES COURSES ! JE PRÉFÈRE ENCORE AFFRONTER UN TROUPEAU DE CERFS QUE DE DEVOIR SUPPORTER DES ENFANTS PAREILS !!
AH NON ALORS ! TU ME LAISSES PAS AVEC LES TROIS, C'EST TROP FACILE !
C'EST BON, POULETTE, LA VOIE EST LIBRE ! ET SI ON RENCONTRE DES BESTIOLES, J'AI CE QU'IL FAUT !
REGARDE ! C'EST DES... DES SORTES DE PINTADES, JE CROIS ! ÉTONNANT, NON* ?
* MAIS NON, VOYONS ! CE SONT DES FAISANS !
ET LÀ, ET LÀ !! UN CERF !
J'ESPÈRE QU'IL A SON TICKET !

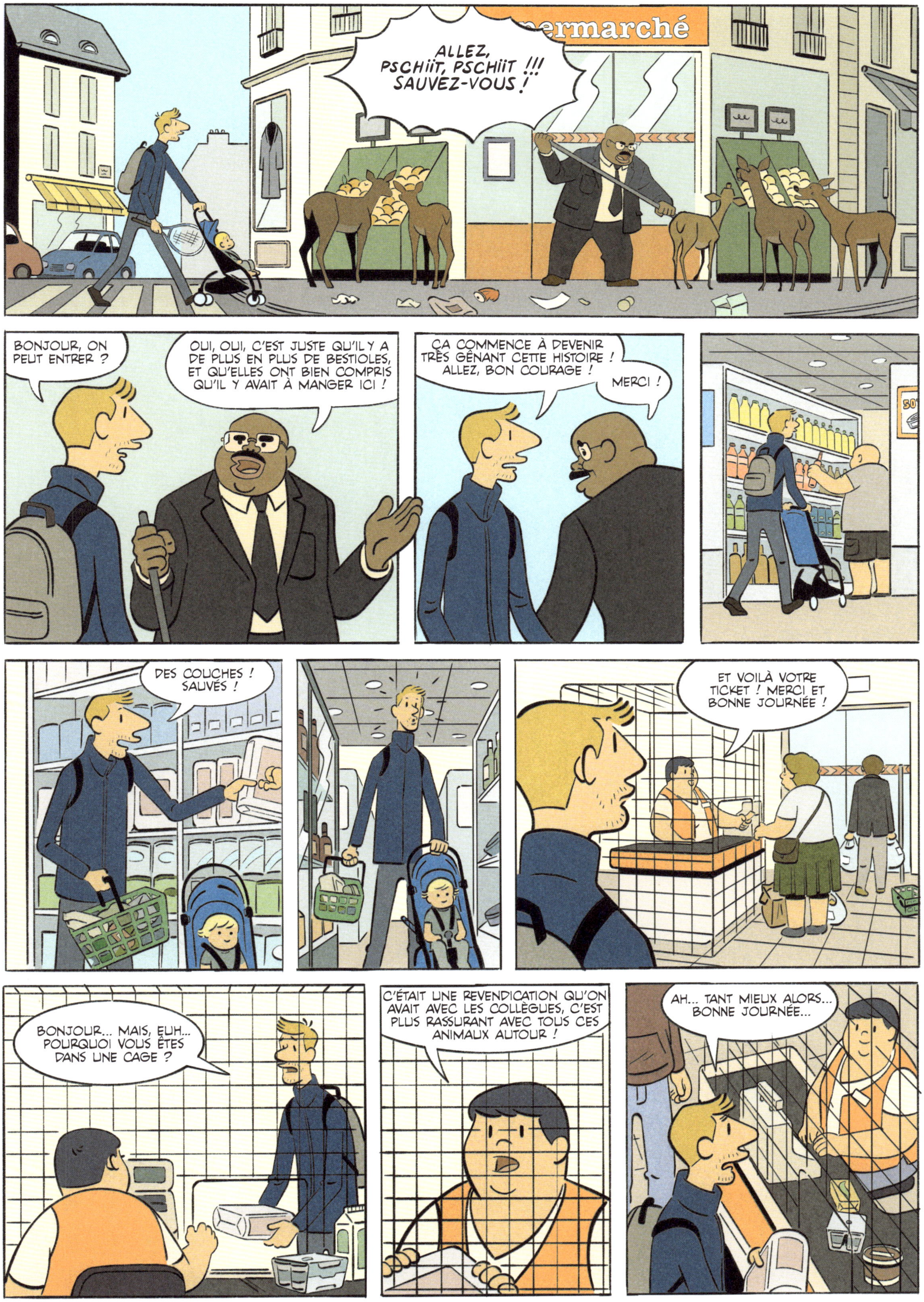
…ermarché
ALLEZ, PSCHIIT, PSCHIIT !!! SAUVEZ-VOUS !
BONJOUR, ON PEUT ENTRER ?
OUI, OUI, C'EST JUSTE QU'IL Y A DE PLUS EN PLUS DE BESTIOLES, ET QU'ELLES ONT BIEN COMPRIS QU'IL Y AVAIT À MANGER ICI !
ÇA COMMENCE À DEVENIR TRÈS GÊNANT CETTE HISTOIRE ! ALLEZ, BON COURAGE !
MERCI !
DES COUCHES ! SAUVÉS !
ET VOILÀ VOTRE TICKET ! MERCI ET BONNE JOURNÉE !
BONJOUR... MAIS, EUH... POURQUOI VOUS ÊTES DANS UNE CAGE ?
C'ÉTAIT UNE REVENDICATION QU'ON AVAIT AVEC LES COLLÈGUES, C'EST PLUS RASSURANT AVEC TOUS CES ANIMAUX AUTOUR !
AH... TANT MIEUX ALORS... BONNE JOURNÉE...

WOUAH ! WOUAH !
CE N'EST PAS UN CHIEN, C'EST UN RENARD, ET IL NE DEVRAIT PAS ÊTRE LÀ !
LA VACHE, ILS SONT PLEIN !
NE TE RETOURNE PAS, POULETTE, JE CROIS QU'ON EST SUIVIS !
ROMPF !!!
ROMPF !!
MAIS... MAIS...
EH OH !
AAAAAAAH !!!
BLAM !!!

C'EST NOUS !
ON S'EST FAIT COURSER PAR DES CERFS SUR LE RETOUR ! JE NE SAIS PAS S'ILS EN AVAIENT VRAIMENT APRÈS NOUS OU S'ILS VOULAIENT JUSTE SE DÉFOULER, MAIS J'AI BIEN FLIPPÉ !
ÇA DEVIENT ZINZIN CETTE HISTOIRE ! ET DANGEREUX ! À PARTIR DE MAINTENANT, ON NE SORT QUE POUR LE STRICT NÉCESSAIRE, ET LES ENFANTS RESTENT À LA MAISON !
QUOI ???
OH NON !!!!
PAPA A RAISON, LES ENFANTS, C'EST PLUS PRUDENT...
ALORS COMMENÇA UNE PÉRIODE BEAUCOUP MOINS AMUSANTE POUR LA FAMILLE, FAITE D'ÉTUDE...
DICTÉE !
ENCORE ? MAIS ON EN A DÉJÀ FAIT UNE HIER !
... DE TRAVAIL DANS DE MAUVAISES CONDITIONS...
PAPA, TU PEUX ME GONFLER MON BALLON ?
LAISSE-LE, CHÉRIE, IL A BESOIN DE SE CONCENTRER ! JE VAIS TE LE GONFLER, TON BALLON, MAIS APRÈS TU NOUS LAISSES TRAVAILLER, COMPRIS ?
... ET DE CONTRAINTES DOMESTIQUES...
IL FAUDRAIT S'OCCUPER DU DÉJEUNER !
DÉJÀ ?? MAIS JE N'AI EU LE TEMPS DE RIEN FAIRE !

PAPA, ON PEUT VENIR AVEC TOI POUR FAIRE LES COURSES ?
OUAIS, ON EN A MARRE DE RESTER DANS L'APPARTEMENT !
NON, C'EST DANGEREUX ! MAIS VOUS POUVEZ ALLER VOIR PAR LA FENÊTRE SI LA VOIE EST LIBRE !
IL Y A JUSTE UNE SORTE DE GROSSE CHÈVRE !
C'EST UN CHAMOIS ! ET IL A DES CORNES GÉANTES !
BON, J'IMAGINE QUE JE PEUX AFFRONTER UN CHAMOIS POUR NOURRIR MA FAMILLE !
OH, IL S'ENFUIT !
ENCORE MIEUX ! À NOUS LES PIZZAS !
EUH, PAPA, VIENS VOIR...
C'EST DES...
OUI...
PAS DE PIZZAS CE SOIR...

AU MILIEU DE TOUT ÇA, IL Y AVAIT LE JEUNE PORCINET QUI N'ÉTAIT PAS ENCORE TOUT À FAIT FAMILIER AVEC LES CONTRAINTES DE LA VIE EN APPARTEMENT...
AAAH, LE LINGE QUE J'AVAIS MIS DES HEURES À PLIER !!
MAMAAAAAAN !!! PORCINET, IL MANGE MES PLAYMOBIiiiiiIL !!!!
PAPA, PORCINET EST EN TRAIN DE MANGER LE DÎNER, IL A MÊME AVALÉ LE JAMBON !
MAIS C'EST PAS VRAI !!!
UUUiiiKK!!!
DÉGAGE DE LÀ !
UiiiK!!!
EH, NON ! PAS SUR LE...
SPLASH !!!
... CANAPÉ...
LES ÉPONGES SONT DANS LE PLACARD DE LA SALLE DE BAIN !

SCRITCH !! SCRITCH !!
C'EST UNE CATASTROPHE AMBULANTE CET ANIMAL...
BON, VOILÀ, C'EST PROPRE !
C'EST FINI LES BÊTISES, C'EST BIEN CLAIR ?
DIS DONC, TU M'ÉCOUTES ?
EH, MAIS LÂCHE ÇA !
SLASH !!!
...
ÇA SUFFIT MAINTENANT, DEMAIN MATIN À LA PREMIÈRE HEURE, JE LE METS DEHORS ! LES CHOSES SONT ASSEZ COMPLIQUÉES COMME ÇA !

OH NON, PAPA, PITIÉ !
PORCINET, C'EST NOTRE MEILLEUR AMI !
DÉSOLÉ, LES COCOS, MAIS C'EST MAMAN QUI AVAIT RAISON !
AH ! TOUT DE MÊME !
MOI AUSSI JE L'AIME BEAUCOUP, MAIS VOUS VOYEZ BIEN QU'IL N'EST PAS FAIT POUR VIVRE DANS UN APPARTEMENT !
POUR LUI AUSSI, CE SERA MIEUX...
MAIS VOUS POUVEZ TOUT DE MÊME LUI DIRE AU REVOIR...
SALUT MON POTE, TU VAS ME MANQUER...
ADIEU MON AMOUR, JE NE T'OUBLIERAI JAMAIS !
AU REVOIR PORCINET !
AU REVOIR ! SNIF !
ALLEZ, ALLEZ, C'EST BON, LÀ, ON AVANCE, IL EST TARD !
HOPOPOP ! TOI AUSSI TU VAS TE COUCHER !
ON PEUT QUAND MÊME LIRE UNE HISTOIRE... QU'EST-CE QUE VOUS DIRIEZ DES "TROIS PETITS COCHONS" ?
ENFIN, LOUIS ! C'EST MALIN ! TU CROIS VRAIMENT QUE C'EST LE BON MOMENT POUR CE GENRE DE BLAGUES ?
BOAH, C'ÉTAIT POUR DÉTENDRE L'ATMOSPHÈRE...

EH BIEN C'EST RATÉ !
COURAGE, LES ENFANTS, PARFOIS LA BONNE CHOSE À FAIRE N'EST PAS LA PLUS FACILE, OU CELLE QUI FAIT LE PLUS PLAISIR !
ALLEZ, TÂCHEZ DE DORMIR !
ET TOI TU VAS ALLER DORMIR DANS LES TOILETTES, PARCE QUE J'EN AI MARRE DE PASSER DERRIÈRE TES CATASTROPHES !
GRUIK ?
ET ON NE VEUT PLUS T'ENTENDRE JUSQU'À DEMAIN, COMPRIS ?
BON VOILÀ, NORMALEMENT ON DEVRAIT AVOIR LA PAIX CETTE NUIT !
ÇA ME FAIT DE LA PEINE DE LES VOIR SI TRISTES...
JE SAIS BIEN, MAIS NOTRE BOULOT DE PARENTS, CE N'EST PAS DE LEUR FAIRE PLAISIR AVANT TOUT, C'EST DE FAIRE LES BONS CHOIX !
ET GARDER UN SANGLIER – MÊME PETIT – DANS UN APPARTEMENT NE FAIT DÉFINITIVEMENT PAS PARTIE DES BONS CHOIX POUR ÉLEVER DES ENFANTS.
ET PUIS T'INQUIÈTE, ILS VONT RAPIDEMENT OUBLIER !
ALLEZ, DODO !

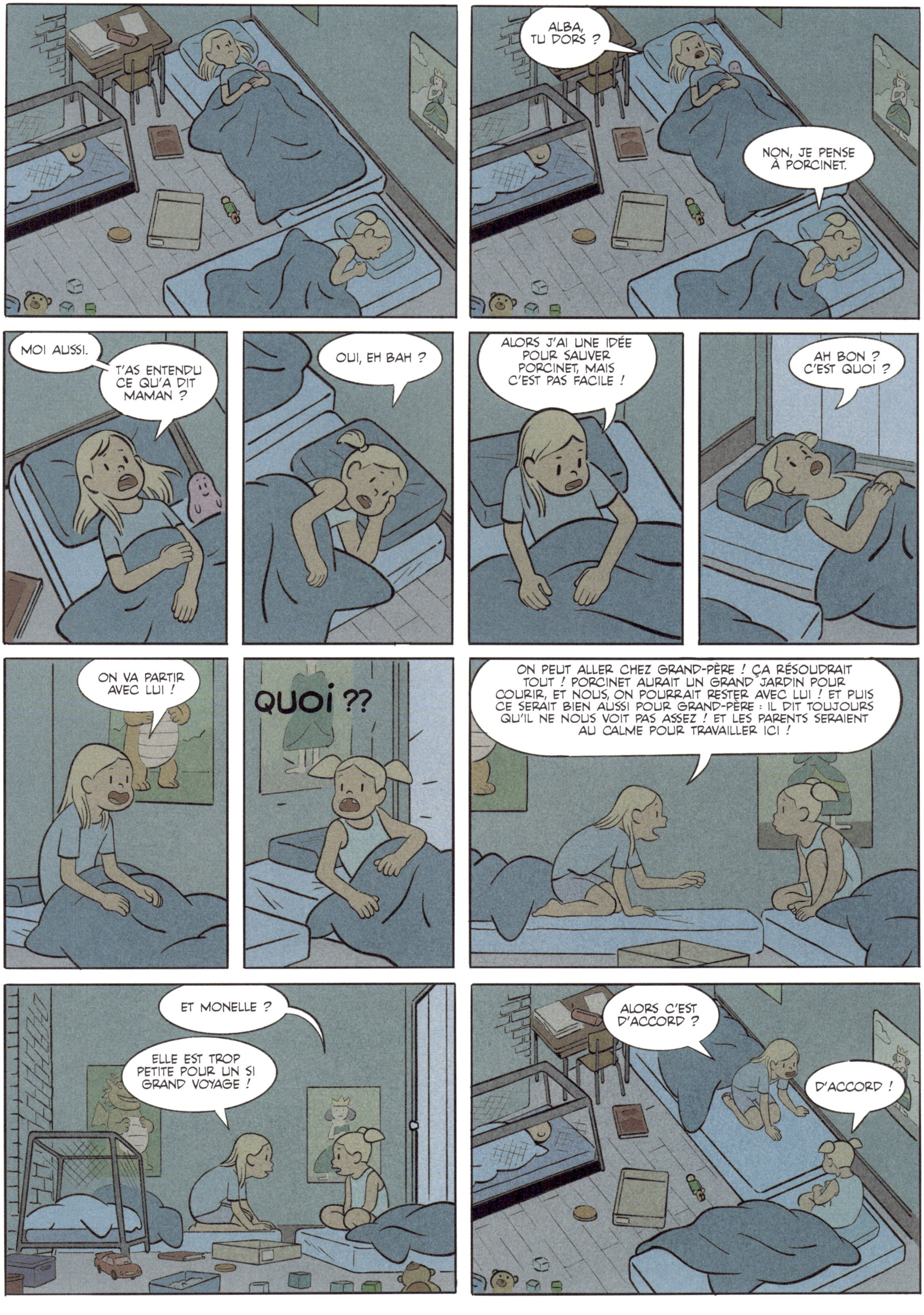

ALBA, TU DORS ?
NON, JE PENSE À PORCINET.
MOI AUSSI.
T'AS ENTENDU CE QU'A DIT MAMAN ?
OUI, EH BAH ?
ALORS J'AI UNE IDÉE POUR SAUVER PORCINET, MAIS C'EST PAS FACILE !
AH BON ? C'EST QUOI ?
ON VA PARTIR AVEC LUI !
QUOI ??
ON PEUT ALLER CHEZ GRAND-PÈRE ! ÇA RÉSOUDRAIT TOUT ! PORCINET AURAIT UN GRAND JARDIN POUR COURIR, ET NOUS, ON POURRAIT RESTER AVEC LUI ! ET PUIS CE SERAIT BIEN AUSSI POUR GRAND-PÈRE : IL DIT TOUJOURS QU'IL NE NOUS VOIT PAS ASSEZ ! ET LES PARENTS SERAIENT AU CALME POUR TRAVAILLER ICI !
ET MONELLE ?
ELLE EST TROP PETITE POUR UN SI GRAND VOYAGE !
ALORS C'EST D'ACCORD ?
D'ACCORD !

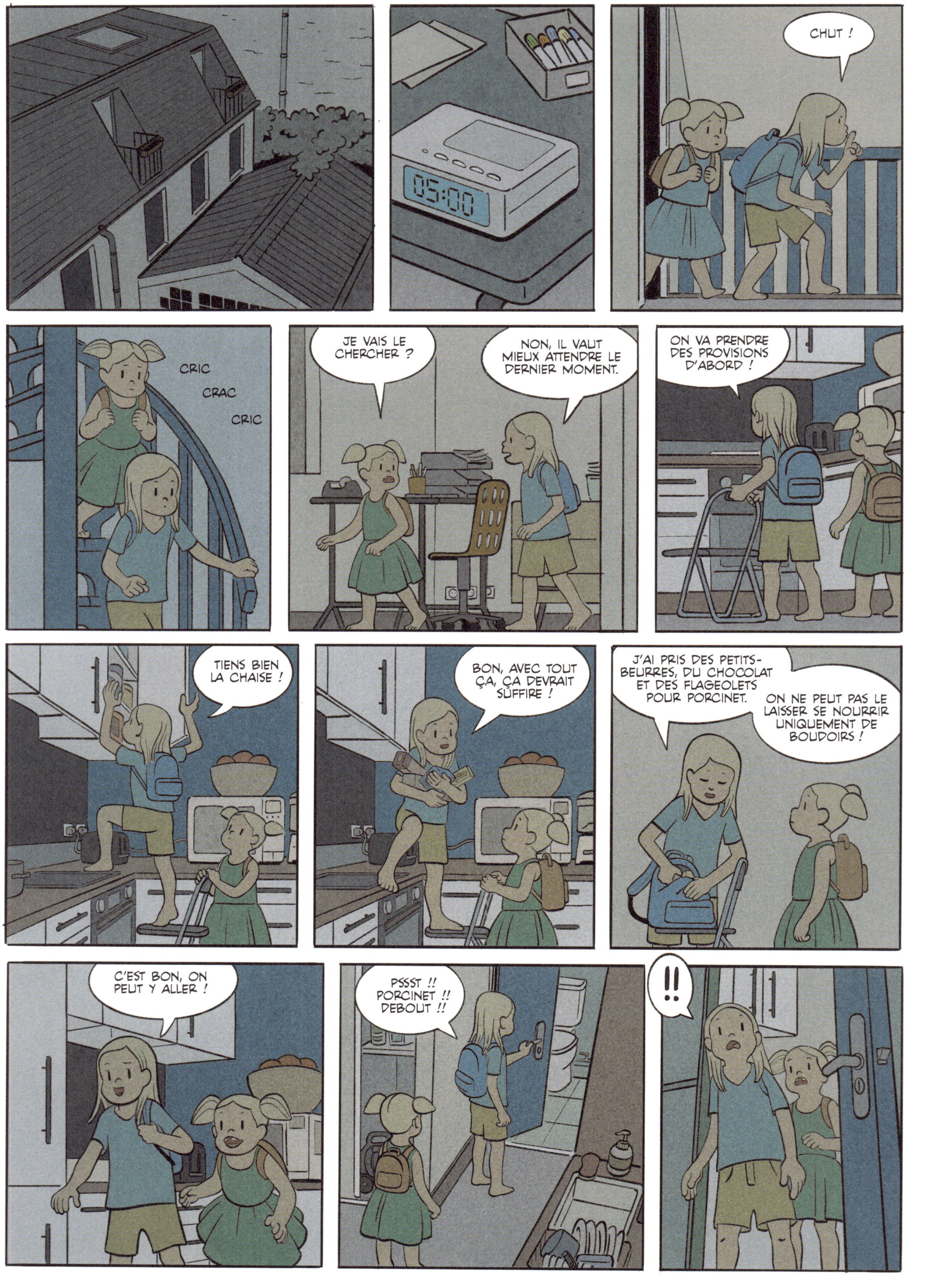
CHUT !
CRIC
CRAC
CRIC
JE VAIS LE CHERCHER ?
NON, IL VAUT MIEUX ATTENDRE LE DERNIER MOMENT.
ON VA PRENDRE DES PROVISIONS D'ABORD !
TIENS BIEN LA CHAISE !
BON, AVEC TOUT ÇA, ÇA DEVRAIT SUFFIRE !
J'AI PRIS DES PETITS-BEURRES, DU CHOCOLAT ET DES FLAGEOLETS POUR PORCINET.
ON NE PEUT PAS LE LAISSER SE NOURRIR UNIQUEMENT DE BOUDOIRS !
C'EST BON, ON PEUT Y ALLER !
PSSST !! PORCINET !! DEBOUT !!
!!

EFFECTIVEMENT, C'EST MIEUX QU'ON PARTE AVANT QUE LES PARENTS NE VOIENT ÇA...
ALLEZ, HOP HOP HOP ! VIENS, ON VA SE PROMENER !
GRUIK ?
GRUIIIK !!!
CHUUUUT !! IL NE FAUT PAS RÉVEILLER PAPA ET MAMAN !
GRUIIIK !!
MON CHAUSSON DANS LA TRONCHE ! JE M'EN FICHE QU'IL SOIT PETIT, IL EST CINQ HEURES DU MAT' !
!
MAIS QU'EST-CE QUE VOUS FAITES LÀ, VOUS ??
ET... ET LUI ?
ET POURQUOI VOUS ÊTES HABILLÉS ?
ENFIN QU'EST-CE QUE ÇA VEUT DIRE ?

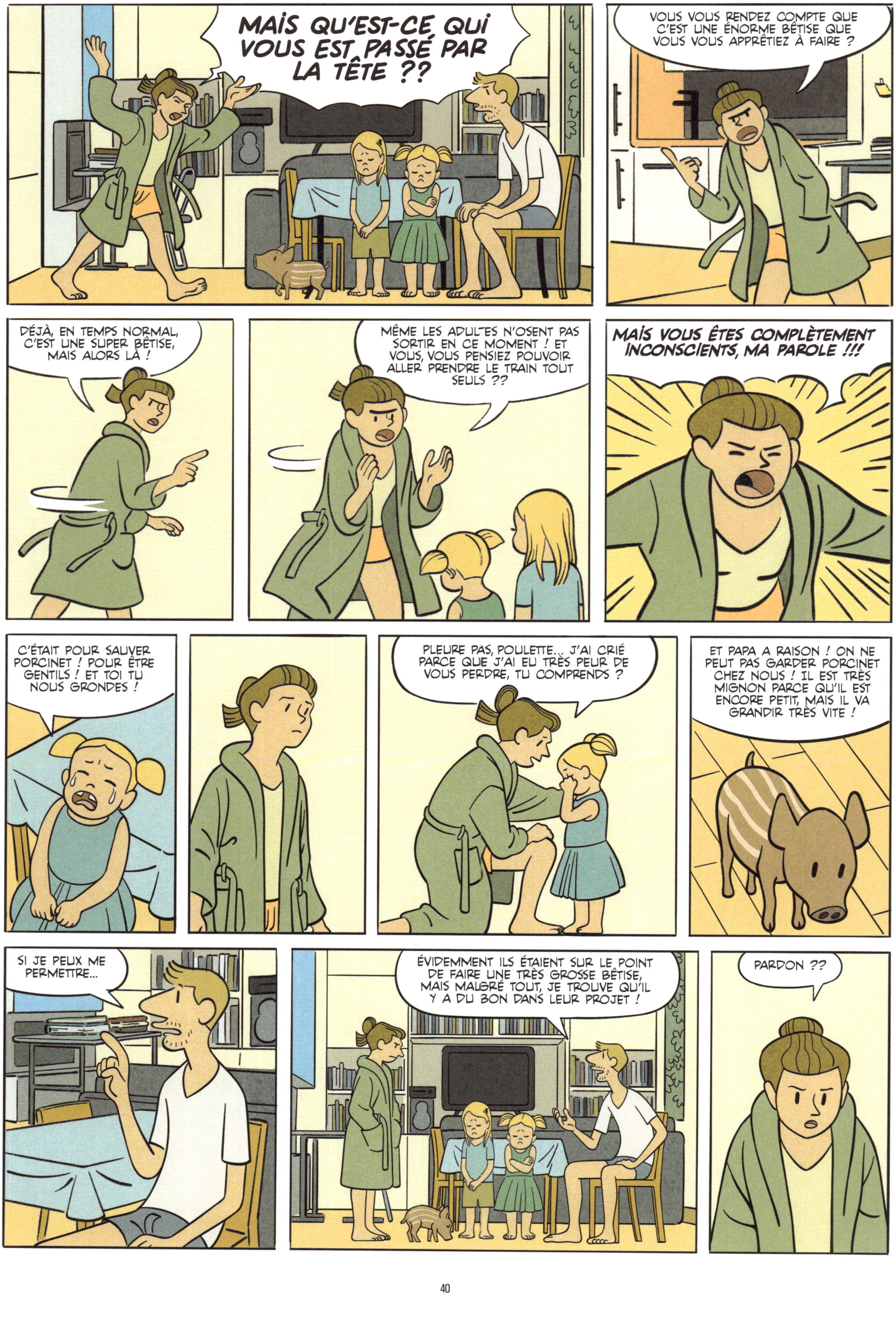
MAIS QU'EST-CE QUI VOUS EST PASSÉ PAR LA TÊTE ??
VOUS VOUS RENDEZ COMPTE QUE C'EST UNE ÉNORME BÊTISE QUE VOUS VOUS APPRÊTIEZ À FAIRE ?
DÉJÀ, EN TEMPS NORMAL, C'EST UNE SUPER BÊTISE, MAIS ALORS LÀ !
MÊME LES ADULTES N'OSENT PAS SORTIR EN CE MOMENT ! ET VOUS, VOUS PENSIEZ POUVOIR ALLER PRENDRE LE TRAIN TOUT SEULS ??
MAIS VOUS ÊTES COMPLÈTEMENT INCONSCIENTS, MA PAROLE !!!
C'ÉTAIT POUR SAUVER PORCINET ! POUR ÊTRE GENTILS ! ET TOI TU NOUS GRONDES !
PLEURE PAS, POULETTE... J'AI CRIÉ PARCE QUE J'AI EU TRÈS PEUR DE VOUS PERDRE, TU COMPRENDS ?
ET PAPA A RAISON ! ON NE PEUT PAS GARDER PORCINET CHEZ NOUS ! IL EST TRÈS MIGNON PARCE QU'IL EST ENCORE PETIT, MAIS IL VA GRANDIR TRÈS VITE !
SI JE PEUX ME PERMETTRE...
ÉVIDEMMENT ILS ÉTAIENT SUR LE POINT DE FAIRE UNE TRÈS GROSSE BÊTISE, MAIS MALGRÉ TOUT, JE TROUVE QU'IL Y A DU BON DANS LEUR PROJET !
PARDON ??

JE DIS JUSTE QUE C'ÉTAIT PAS IDIOT, LEUR IDÉE ! ON N'A PAS LA PLACE POUR GARDER PORCINET ICI, MAIS ON N'A PLUS TELLEMENT DE RAISONS DE RESTER NON PLUS ! LES ENFANTS NE VONT PLUS À L'ÉCOLE, ET NOUS, ON TRAVAILLE À DOMICILE. AUTANT ÊTRE À LA CAMPAGNE !
EST-CE QU'ON NE FERAIT PAS AUSSI BIEN... DE PARTIR TOUS ENSEMBLE ?
ÇA Y EST, C'EST REPARTI ! DANS LA FAMILLE ZINZIN, JE VOUDRAIS LE PÈRE !
ALORS TOUTE LA VILLE SE BARRICADE À CAUSE DES ANIMAUX DANS LES RUES, ET CELUI QUE TU VOULAIS METTRE DEHORS, FINALEMENT...
... TU T'IMAGINES PARTIR EN VACANCES AVEC LUI ?
OUAIS ! GÉNIAL ! TROP BONNE IDÉE ! VOYAGE EN FAMILLE !
TU ENTENDS, PORCINET ? ON VA PARTIR TOUS ENSEMBLE !! WOUHOU !!
TOI QUI REGRETTES QU'ON NE PARTE PAS PLUS SOUVENT EN WEEKEND, C'EST L'OCCASION !
ÇA M'AGACE QUAND TU DIS TES IDÉES LOUFOQUES DEVANT LES ENFANTS... ÉVIDEMMENT QU'ILS SONT PARTANTS...
C'EST TRÈS BIEN D'ÊTRE UN ARTISTE, D'IMAGINER DES CHOSES, TOUT ÇA...
MAIS CETTE FOIS-CI, C'EST NON ! IL EST HORS DE QUESTION QUE JE ME LANCE DANS UN VOYAGE AUSSI INCERTAIN, TU M'ENTENDS ?

DÉPÊCHEZ-VOUS, LES ENFANTS !! LE TAXI EST EN BAS !!
ALLEZ, TU MONTES LÀ-DEDANS, TOI !!
UUIIIK !!
J'AVAIS DIT NON !
BONJOUR MONSIEUR !
BONJOUR, BONJOUR !
TAXI
TROIS FILLES ET UN CHAT, C'EST UNE BELLE FAMILLE, ÇA !!
C'EST PAS UN CH...
AOUCH !!!
EUH... L'AÎNÉ, C'EST PAS UNE FILLE, C'EST UN GARÇON, IL VEUT JUSTE GARDER LES CHEVEUX LONGS ! EH EH !!
AH, EXCUSE-MOI, BONHOMME ! MOI JE SUIS DE LA VIEILLE ÉCOLE !
ALLEZ, MONTEZ !
MAIS T'ES BÊTE OU QUOI ??

ON EST CONTENT, DE VOUS AVOIR TROUVÉ, ON N'ÉTAIT PAS SÛRS QU'IL Y AIT ENCORE DES TAXIS !
ET MOI JE SUIS CONTENT QUE VOUS M'AYEZ TROUVÉ, PARCE QUE JE SUIS SÛR QU'IL N'Y A PLUS DE CLIENTS EN CE MOMENT !
TOUS CEUX QUI LE POUVAIENT ONT DÉJÀ FICHU LE CAMP...
ET LES AUTRES NE SORTENT PLUS DE CHEZ EUX !
ET VOUS, VOUS TRAVAILLEZ MALGRÉ TOUT ?
OH, MOI J'AIME AUTANT ME PROMENER, MÊME SANS CLIENTS, PLUTÔT QUE DE RESTER À LA MAISON !
CHEZ MOI JE REGARDE TROP LA TÉLÉ, JE MANGE TROP, ET LE SOIR JE DÉPRIME !
TANDIS QUE LÀ JE ME RÉGALE : JE DÉCOUVRE DES TAS D'ANIMAUX QUE JE NE CONNAISSAIS PAS !
TENEZ, REGARDEZ PAR LA FENÊTRE, LES ENFANTS !

OOOH !
TROP BEAU !
C'EST INCROYABLE, NON ? C'EST UN LYNX BORÉAL ! NORMALEMENT C'EST HYPER RARE D'EN VOIR, ET LÀ JE L'AI DÉJÀ CROISÉ PLUSIEURS FOIS PAR ICI !
C'EST QUAND MÊME UNIQUE CE QU'ON VIT LÀ !
AVEC MON TAXI, JE SUIS AUX PREMIÈRES LOGES !
ET ENCORE, JE NE VOIS PAS TOUT !

ON Y EST ! À PARTIR DE MAINTENANT VOUS ÊTES TRANQUILLES : ILS SÉCURISENT L'ACCÈS AUX GARES !
JE NE SAIS PAS SI C'EST BEAUCOUP PLUS RASSURANT...
IL NE RESTE PLUS QU'À ESPÉRER QU'IL Y AIT UN TRAIN POUR NOUS...
MOI JE TROUVE QU'ILS NE SONT PAS TRÈS BIEN CAMOUFLÉS !
LES TGV NE CIRCULENT PLUS, MAIS VOUS AVEZ DE LA CHANCE, VOUS AVEZ UN CORAIL QUI PART DANS SIX MINUTES ! ET LE SUIVANT PART... DEMAIN !
1
2
ALLEZ, MONTEZ, VITE !
VOUS AVEZ VU ? C'EST DES COMPARTIMENTS !
OUI, ET IL N'Y A PERSONNE !

OUF, ON SERA TRANQUILLES !
ET ON PEUT FAIRE SORTIR PORCINET !
OH OUI, LE PAUVRE !
ELLE A FAIT UNE DRÔLE DE TÊTE, LA VOISINE, QUAND ON LUI A DEMANDÉ LA CAGE DE SON CHAT !
JE ME DEMANDE SI ELLE S'EST DOUTÉE DE QUELQUE CHOSE ?
C'EST SÛR QU'ELLE A TROUVÉ ÇA LOUCHE EN TOUT CAS !
BAH, AU MOINS MAINTENANT ON EST TRANQUILLES ET ON A RÉUSSI CE QU'ON VOULAIT ! C'EST CHOUETTE !
OUI, UNE VRAIE RÉUSSITE : AVANT ON SE PLAIGNAIT DE COHABITER AVEC UN MARCASSIN DANS UN APPARTEMENT TROP PETIT, ET LÀ ON VA EN FAIRE AUTANT DANS UN COMPARTIMENT DE TRAIN, C'EST SUPER !
JE SUIS SÛRE QU'IL VA ÊTRE TRÈS SAGE, PAS VRAI, PORCINET ?
IL FAUDRA JUSTE SURVEILLER LE PASSAGE DU CONTRÔLEUR !
TU CROIS QU'IL PEUT NOUS LE PRENDRE ?

MMH... ÇA M'ÉTONNERAIT... MAIS ÇA FERA SÛREMENT DES HISTOIRES.
REGARDEZ, LES ENFANTS, ON DÉMARRE !!
OUAIS !!! GÉNIAL !!!!
EST-CE QU'ON PEUT VOIR LA MAISON ?
JE NE PENSE PAS...
VENEZ MANGER UN SANDWICH, LES COCOS, IL FAUT PRENDRE DES FORCES ! C'EST UN LONG VOYAGE !
OH OUIIII ! AVEC DU SAUCISSON !
EUH...
EXCUSE-MOI, PORCINET...
ALORS JUSTE AVEC DU FROMAGE POUR MOI, S'IL TE PLAÎT !
ON PEUT FAIRE DES ÉCRANS QUAND ON A FINI ?
CERTAINEMENT PAS ! APRÈS LA FUGUE DE CE MATIN, VOUS ÊTES INTERDITS DE... DE TOUT JUSQU'À NOUVEL ORDRE !
PFFFF... C'EST NUL !

AAAAAOUW ! MOI JE CROIS QUE JE VAIS PIQUER UN ROUPILLON. LES RÉVEILS À CINQ HEURES DU MATIN, ÇA N'EST PAS POUR MOI !
ET BIENTÔT...
ZZZZZZZZZZ
GA...

GABADAGA !
TU LAISSES MAMAN TRANQUILLE, D'ACCORD ? JOUE AVEC TES FIGURINES !
ET PAS TROP DE GÂTEAUX ! APRÈS TU AS MAL AU VENTRE !

WOUAH !! WOUAH !!
COUCHÉ, FAROUK !
WOUAH ! WOUAH !
NE VOUS INQUIÉTEZ PAS, IL NE MORD JAMAIS !
BAGADIBOUDA !
AH ! UNE JEUNE PERSONNE !
PEUT-ÊTRE QUE TU AS VOULU LE CARESSER, MMH ? MAIS FAROUK, C'EST UN CHIEN SPÉCIAL, UN CHIEN D'ASSISTANCE ! ÇA VEUT DIRE QUE C'EST MIEUX DE NE PAS LE CARESSER ! C'EST CE QU'IL A VOULU TE DIRE QUAND IL A ABOYÉ !
C'EST BIZARRE QU'IL SOIT AUSSI FÉBRILE ! TU L'INTÉRESSES BEAUCOUP, ON DIRAIT ! JE PENSE QUE C'EST MIEUX QUE TU AILLES RETROUVER TES PARENTS À PRÉSENT !
SAGE, FAROUK, SAGE !

DING !!
ALERTE INFO
ON A TROUVÉ LE MOYEN DE CHASSER LES ANIMAUX DE PARIS ! CLIQUEZ POUR VOIR LA VIDÉO !
CLIC !
UNE INTERVENTION INCROYABLE QUI SEMBLE POUVOIR RÉGLER LE PROBLÈME QUE RENCONTRE PARIS ACTUELLEMENT ! TOUT DE SUITE, LE REPORTAGE !
UN CHAMPIGNON POUR FAIRE FUIR LES ANIMAUX, C'EST CE QU'A TROUVÉ UN GROUPE DE CHERCHEURS...
IL LEUR A PERMIS D'OBTENIR UNE SORTE DE MOUSSE RÉPULSIVE CONTRE TOUS LES ANIMAUX SAUVAGES.
DES AGENTS SONT DÉJÀ EN TRAIN DE DIFFUSER LE PRODUIT DANS LES RUES DE LA CAPITALE...
... ET LE RÉSULTAT EST SPECTACULAIRE !

LES AUTORITÉS PENSENT POUVOIR REVENIR À UNE SITUATION NORMALE TRÈS RAPIDEMENT.
IL EST SIMPLEMENT DEMANDÉ AUX HABITANTS DE VEILLER À GARDER LEURS ANIMAUX DOMESTIQUES CHEZ EUX LE TEMPS DE L'OPÉRATION.
COOKIE ! REVIENS !
ALEXANDRA ! RÉVEILLE-TOI, VITE !!
C'EST FINI, C'EST FINI !!
MMH...?
ÇA Y EST ! ILS ONT TROUVÉ LE MOYEN DE FAIRE DÉGUERPIR TOUS LES ANIMAUX DE PARIS !!
ÇA NOUS RESSEMBLE BIEN, ÇA, DE PARTIR PILE AU MAUVAIS MOMENT !
OUI, C'EST PAS DE BOL !
ENFIN, LA BONNE NOUVELLE, C'EST QU'ON VA POUVOIR SE DÉBARRASSER DE PORCINET LÉGITIMEMENT !
C'EST LES ENFANTS QUI VONT ÊTRE TRISTES...
MAIS D'AILLEURS...
MONELLE !

MERLIN ! ALBA ! RÉVEILLEZ-VOUS !! MONELLE A DISPARU !
VOUS NE L'AVEZ PAS VUE PARTIR ??
ELLE N'A RIEN DIT ?
MAIS SECOUEZ-VOUS, BON SANG !
ET PORCINET ?
RAAAAH !! MAIS JE ME FOUS DE PORCINET, JE VEUX RETROUVER MA FILLE !
CELA DIT, COMME ILS ONT DISPARU ENSEMBLE, IL Y A DES CHANCES QUE L'ON RETROUVE LES DEUX D'UN COUP !
MAIS JE N'ARRIVE PAS À SAVOIR SI C'EST UNE BONNE NOUVELLE...
BON, PAPA ET MOI, ON PART À SA RECHERCHE !
VOUS, VOUS RESTEZ LÀ, AU CAS OÙ MONELLE REVIENDRAIT D'ELLE-MÊME !
À TOUT À L'HEURE, ET PAS DE BÊTISES, HEIN ?

BON, TOI TU VAS DANS CE SENS, ET MOI DANS L'AUTRE. LE PREMIER QUI LA TROUVE APPELLE L'AUTRE.
OK. DE TOUTE FAÇON, ELLE EST FORCÉMENT DANS LE TRAIN, ON VA LA RETROUVER !
PARDON MONSIEUR, VOUS N'AURIEZ PAS VU UN BÉBÉ CIRCULER TOUT SEUL ?
UN BÉBÉ ?? NON, DÉSOLÉ.
... ET VOUS N'AURIEZ PAS VU PASSER UN... ANIMAL ?
UN ANIMAL ? QUEL ANIMAL ? IL Y A DES ANIMAUX DANS LE TRAIN ?
HEU... NON, NON, BIEN SÛR, JE PARLAIS DE MA FILLE AU SENS FIGURÉ... HÉHÉ...

... UNE PETITE FILLE D'À PEU PRÈS LE MÊME ÂGE QUE VOTRE FILS...
MA PAUVRE !
AH ÇA, C'EST SÛR QUE MOI JE SUIS EXTRÊMEMENT VIGILANTE, PARCE QU'À CET ÂGE ON NE SAIT JAMAIS CE QUI PEUT ARRIVER !
OUI... MERCI BIEN...
POURVU QU'IL NE SOIT RIEN ARRIVÉ, POURVU QU'IL NE SOIT RIEN ARRIVÉ, POURVU QU'IL NE SOIT RIEN ARRIVÉ, POURVU QU'IL NE SOIT RIEN ARRIVÉ...
MONELLE ?
MONELLE ?
MESDAMES ET MESSIEURS, SUITE AUX ANNONCES GOUVERNEMENTALES CONCERNANT LA LUTTE CONTRE LES ANIMAUX SAUVAGES EN VILLE, ON NOUS SIGNALE UN RISQUE IMPORTANT D'ANIMAUX SUR LES VOIES QUI NOUS OBLIGE À NOUS ARRÊTER UN MOMENT. MERCI DE NE PAS CHERCHER À OUVRIR LES PORTES ET À NE PAS DESCENDRE DU TRAIN. MERCI DE VOTRE COMPRÉHENSION.

PARDON !
PARDON !
DÉSOLÉE !
ALORS ?
RIEN, ET TOI ?
AH, BONJOUR MADAME ! VOTRE MARI M'A TOUT RACONTÉ ! NE VOUS INQUIÉTEZ PAS, ON VA LE RETROUVER, VOTRE P'TIT BOUT ! ÇA ARRIVE DE TEMPS EN TEMPS ET ON LES RETROUVE TOUJOURS !
MAIS SI JAMAIS ELLE DESCENDAIT DU TRAIN...
HA HA, NON, HEUREUSEMENT CE N'EST PAS POSSIBLE ! DÉJÀ PARCE QU'ELLE N'EN AURAIT PAS LA FORCE, MAIS DE TOUTE FAÇON IL Y A UN SYSTÈME DE VERROUILLAGE AUTOMATIQUE...
VOUS VOYEZ, SI JE VOULAIS OUVRIR LA PORTE, LÀ, JE NE POURRAIS PAS PARCE QUE C'EST...
... BLOQUÉ...
AH BAH ÇA ALORS... NORMALEMENT ÇA NE DEVRAIT PAS...

POUSSEZ-VOUS !!
POUSSEZ-VOUS !!
AH ! LÀ !
HALLUCINANT...
PORCINET ??

AAAAH !! MONELLE, MA FILLE, ELLE EST...
BAH ELLE EST OÙ ?
MONELLE !!!
MONELLE !!! N'AIE PAS PEUR, C'EST PAPA ET MAMAN !!
MONELLE !!!
MAIS... COMMENT C'EST POSSIBLE...
LOUIS, J'AI PEUR...

TU CROIS QU'ILS VONT LA RETROUVER ?
BIEN SÛR ! ELLE NE DOIT PAS ÊTRE LOIN !
!
MONELLE ??
PARDON !! PARDON !!

HEY ! VOUS ALLEZ OÙ COMME ÇA ?
REVENEZ !!
QU'EST-CE QUE VOUS AVEZ VU ? UN ENFANT ?
NON, DEUX ! ILS SONT PARTIS EN CAVALANT PAR LÀ !
NON MAIS C'EST PAS VRAI, ILS N'ÉCOUTENT JAMAIS CE QU'ON LEUR DIT ??
C'EST BON SIGNE AU CONTRAIRE, ÇA VEUT DIRE QU'ILS ONT VU QUELQUE CHOSE !

SALES BÊTES !! SI JAMAIS ELLES ONT TOUCHÉ À...
LÀ-BAS !! REGARDE !!
PAPA, MAMAN, ON L'A RETROUVÉ !!
OUF !

UUUIK !
IL ÉTAIT DRÔLEMENT CONTENT QU'ON LE RETROUVE, CE PETIT COCO !
MAIS... ET MONELLE ?
AH OUI, C'EST VRAI, MONELLE ! ON L'A VUE PASSER ACCROCHÉE AUX CORNES D'UN CERF !
ON DIT LES BOIS D'UN CERF !
ACCROCHÉE AUX BOIS D'UN CERF !
AUX BOIS D'UN... MAIS C'EST HORRIBLE...
OH NON, ÇA VA, ELLE SOURIAIT !
C'EST UN CAUCHEMAR...
T'INQUIÈTE PAS, MAMAN, PORCINET VA LA RETROUVER EN MOINS DE DEUX !
ÇA SUFFIT AVEC CET ANIMAL, JE NE VEUX PLUS EN ENTENDRE PARLER !!
QU'EST-CE QU'ON A RATÉ POUR EN ARRIVER LÀ...
ALLEZ, PORCINET, CHERCHE ! CHERCHE MONELLE !
SNIF SNIF !

OUI, C'EST BIEN, VAS-Y, PORCINET !
TU CROIS QUE...
IL N'Y A QU'UN MOYEN DE LE SAVOIR !
HEY !!
ATTENDEZ-NOUS !!
PFFF ! PFFF !
PFFF ! PFFF !
AAAAH !!
CONTINUE... SANS MOI... JE... PFFF... VOUS REJOINS...
PFFF ! PFFF !

ALLEZ, YAAA ! YAAAA !
LES VOILÀ !
MONTEZ, LES ENFANTS !
HOP !
ACCROCHE-TOI BIEN !

OÙ EST-CE QU'IL NOUS EMMÈNE ?
WAOW !!

INCROYABLE !
OH, REGARDEZ LÀ-BAS !
MONELLE !
CHUT!
MAMA !
PAS DE MOUVEMENTS BRUSQUES, IL VIENT VERS NOUS !

J'Y VAIS. MERLIN, TU NE BOUGES PAS DE LÀ.
DOUCEMENT, DOUCEMENT...

PAPA !
MAMAN !
MA CHÉRIE !

SALUT MOMO ! ALORS C'ÉTAIT COOL LA BALADE ?
GA !
HEY ! VENEZ M'AIDER !
J'ARRIVE PAS À DESCENDRE !
OH NON, REGARDEZ ! PORCINET S'EN VA !
C'EST NORMAL, MA CHÉRIE, LUI AUSSI VEUT RETROUVER SA FAMILLE !
ET JE SUIS SÛR QUE SES PARENTS VONT ÊTRE EXTRÊMEMENT CONTENTS DE LE RETROUVER !
ALLEZ, EN ROUTE !

ET ON VA OÙ ?
C'EST VRAI ÇA, ON VA OÙ ? ON RENTRE ?
AH NON ALORS, PAS APRÈS TOUT CE QU'ON A TRAVERSÉ !! ON CONTINUE !!
ET LE TRAIN ?
ET MA CONSOLE ?
LE TRAIN, IL Y A PEU DE CHANCES QU'IL NOUS AIT ATTENDUS ! ET POUR NOS AFFAIRES, ON APPELLERA LES OBJETS TROUVÉS !!
OK, J'APPELLE MON PÈRE !
ALLÔ ? OUI, C'EST MOI... ON A EU QUELQUES SOUCIS UN PEU COMPLIQUÉS À EXPLIQUER... MAIS TOUT VA BIEN MAINTENANT...
NON, NON, ON ARRIVE...
... MAIS ÇA VA PRENDRE UN PEU PLUS DE TEMPS QUE PRÉVU !